friedrich achleitner

einschlafgeschichten

paul zsolnay verlag

2 3 4 5 07 06 05 04 03

ISBN 3-552-05225-9

satz: eva kaltenbrunner-dorfinger
druck und bindung: ebner & spiegel, ulm
printed in germany

ich schau so gern beim machen von geschichten zu

was gibt es schöneres

was gibt es schöneres, wenn es draußen regnet und herinnen trocken und warm ist, als eine kleine geschichte zu schreiben, eine winzige, putzige, so ganz ohne anspruch und bedeutung, einfach eine geschichte, so hinerzählt, als würde es nicht regnen und auch draußen trocken und warm sein und die sonne scheinen, so dass man gar keine lust hat, so einfach eine geschichte zu schreiben …

eines morgens

eines morgens – und wahrlich, das tägliche erwachen ist ein schwieriges unternehmen –, eines morgens also hatte ich den vornamen eines alten, mir in jeder weise vertrauten, ja geliebten freundes vergessen. ich erschrak und versuchte, nach der methode des buchstabierens des alphabets den namen wieder ins gedächtnis zurückzuholen. vergebens. natürlich musste es sein, dass gleich darauf mein freund anrief. wir erkannten uns ohnehin an der stimme, und es wäre unmöglich gewesen, sich mit dem namen zu melden. er sagte in einem mir unbekannten ton, als wollte er sich von sich selbst distanzieren, er hätte mir etwas kurioses mitzuteilen. er hätte zeitig in der früh einen anonymen anruf bekommen – und jetzt schluckte er merklich –, dass sein vorname abgeschafft sei. er sei aus allen dokumenten getilgt, und es wäre ihm strengstens verboten, diesen in jedwedem zusammenhang zu verwenden. der anrufer sprach so bestimmt, sagte mein freund, dass man einen blöden spaß ausschließen konnte; er redete sozusagen todernst und mit autorität. mein freund – sein name fiel mir noch immer nicht ein – wolle sich daran halten und mich auch gleichzeitig bitten, ihn nicht mehr mit seinem vornamen anzusprechen.

einschlafgeschichten

1 karl sparschwein – der name war ein pseudonym, das auf einen sparkassenbeamten im mittleren management gut passte –, karl sparschwein also war der meinung, dass er sich ein originelles pseudonym ausgesucht habe.

2 karl sparefroh war schweizer, etwas einfachen gemüts und nicht besonders gut mit humor ausgestattet. von einem pseudonym hat man ihm abgeraten, was er, ohne die miene zu verziehen, befolgte.

3 karl sparschwein hat, wie man weiß, ein zusammengesetztes pseudonym verwendet. das spar bezog sich auf seinen beruf und das schwein auf ihn selbst.

4 franz freudenschuss war schweizer vom scheitel bis zur sohle, womit aber nicht bewiesen ist, dass er auch wirklich eine sohle hatte.

5 georg ungestüm war so lahmarschig, dass ihm sogar das von der gemeinde aufgezwungene pseudonym nichts nutzte.

6 milchreis ist kein name, erklärte unlängst der berühmte namensforscher hans-walther reisfleisch. milchreis nicht.

7 karl schweizer war siebenbürger. er trug diesen namen, weil die sachsen jene leute, die die kühe molken, schweizer nannten. in der schweiz war er nie. er durfte auch als kind beim blinde-kuh-spiel nie mitmachen.

es ist vier uhr früh. ich liege im romantikhotel stern in chur. ich habe jetzt sieben mal das licht aufgedreht und hoffe inbrünstig, dass mir keine blöde geschichte mehr einfällt. kaum hatte ich das licht wieder ausgedreht, kam ein anruf der schweizer landesverteidigung, sie hätten meine lichtsignale aus dem zimmer 306 (mit der bezeichnung: alt landammann dr. christian jost nationalrat und bankpräsident der gkb) empfangen, aber keinen passenden code. mich überkam ein berauschendes machtgefühl, und ich schlief sofort ein.

als vor meinem fenster ein böller krachte und ich nachschaute, was los war, sah ich, dass auf der straße niemand, jedoch vollmond war.

nach seinem ebenbilde

warum, fragte der kleine dünne filzstift seinen dicken vater, der es zum marker gebracht hatte, warum müssen wir eigentlich mit dem kopf arbeiten? das ist leicht zu erklären, sagte der vater. uns hat der liebe mensch erfunden, und wenn der nachdenkt, also mit dem kopf arbeitet, möchte er das niederschreiben. und das können eben am besten wieder nur kopfarbeiter. aha, sagte der dünne kleine filzstift, der mensch schuf uns also nach seinem ebenbilde.

freiheit

freiheit beginnt mit f und endet mit t. dazwischen gibt es zweimal ein farbloses ei, ein unsympathisches r und ein versöhnliches h. das ist freiheit. jedes kleinste abweichen verstümmelt die freiheit oder zerstört sie überhaupt. der freie gebrauch des alphabets – wie er der freiheit angemessen wäre – legt die freiheit in fesseln. so demonstriert schon die benennung, das wort, der begriff, die lautfolge von freiheit, wie es um sie steht. sie kann nur unbeschädigt kommuniziert werden, wenn sie sich keine freiheit erlaubt.

frage und antwort

frage und antwort standen an einer straßenbahnhaltestelle. wann kommt die nächste straßenbahn, fragte die frage. darauf habe ich gewartet, sagte die antwort.

klapotetz

der bauer leonardo klapotetz (1452–1519) aus pößnitz (pesnice) war ein findiger kopf. er träumte vom fliegen, das in seiner südsteirischen weinlandschaft besonders schön sein musste. ein paar runden über die weinhügel zu drehen, das würde man schon ganz besonders genießen, meinte er und begann in seiner werkstatt an einem flugapparat zu bauen.

den propeller machen wir, sagte er – er sprach nicht im pluralis majestatis, sondern sein bub musste ihm helfen, sie waren zu zweit –, den propeller machen wir wie die flügel einer windmühle, vielleicht ein brett mehr, damit es auch sicher klappt. für den schwanz, den die menschheit einmal seitenruder nennen wird, nehmen wir das ruder einer alten zille. damit die leute glauben, dass wir auch schon den motor erfunden haben, montieren wir ein paar klötze um eine metallachse, die, wenn sich der propeller richtig dreht, auf den rumpf eindreschen und einen höllischen lärm machen. damit der flieger, so nannte klapotetz sein gerät, leichter wegfliegen kann und guten wind bekommt, stecken wir ihn auf eine hohe stange. gesagt, getan.

als der bauer am nächsten tag in seinen weingarten kam um nachzuschauen, ob sein fluggerät schon abgeflogen sei, steckte dieses noch immer auf dem mast, drehte den propeller und machte einen höllischen lärm.

unser flieger fliegt ja gar nicht, sagte sein bub. macht nichts, erwiderte klapotetz, verwenden wir halt die mühle zum verjagen der stare und nennen wir sie einfach klapotetz.

es gibt historische hinweise darauf, dass einige klapotetze abgeflogen sind. da sie niemand gesehen hat, müssen sie sehr weit geflogen sein. ja, man hat nicht einmal das klappern der schlegel gehört.

hallgeschichte

die alte dame betrat in bruneck mit zwei knallenden hustern den wartesaal, durchquerte diesen mit zwei trockenen, knallenden hustern und hustete wieder zweimal, mit einem explosionsartigen laut, als sie den saal verließ.

ich fand sie im zug nach innsbruck in meinem abteil wieder. sie hustete in kürzeren abständen je zweimal – heftig, laut, trocken, knallend, sozusagen hoch, ganz vorne am gaumen. sie fand es nicht nötig, die hand vor den mund zu halten. ihr husten war perfekt, ein kunstwerk, von bruneck bis innsbruck.

in der innsbrucker bahnhofshalle hörte ich sie noch einmal, sie eilte mit ihrem knallenden doppler in die stadt. der zweite huster folgte echoartig, war aber selbständig, präzise in den hallenden raum gesetzt.

falls am mittwoch …

ich beschloss, meine geschichte mit *falls am mittwoch …* zu beginnen, entdeckte aber mit entsetzen, dass ich sie mit *ich beschloss …* begonnen hatte, was ihr jede möglichkeit zur redlichkeit eines geglückten anfangs nahm. *falls am mittwoch …* hätte besonders schöne entwicklungen eröffnet, wogegen *ich beschloss …* mir geradezu hinterwäldlerisch erschien. außerdem kam mir dieses *ich beschloss …* irgendwie bekannt vor. sicher hat schon jemand einmal eine geschichte mit *ich beschloss …* begonnen.

hätte dieser kerl, der mir jetzt nicht einfallen will, seine geschichte mit *falls am mittwoch …* angefangen, wäre uns viel erspart geblieben. aber man beginnt eben geschichten nicht mit *falls am mittwoch …*, weltbewegende schon gar nicht. denn solche geschichten, habe ich mir versichern lassen, werden meist wochentags geschrieben und enden oft in einer sonntagspredigt. und sonntagspredigten haben noch nie die welt verändert. sonntagspredigten sind auch für geschichten unbrauchbar. jedenfalls hat eine sonntagspredigt noch nie jemanden dazu verleitet, eine geschichte mit *ich beschloss …* zu beginnen. die menschen wollen sonntagspredigten höchstens am sonntag hören. geschichten, und begännen sie auch mit *falls am mittwoch …* kann man, wenn sie einigermaßen gut geschrieben sind, auch am sonntag lesen. so könnten geschichten natürlich mit *falls am montag…* oder *falls am dienstag…* beginnen. *falls am donnerstag…* klingt etwas schlechter, obwohl auch am donnerstag einiges passieren kann. *falls am sonntag…* wäre wiederum rhythmisch in ordnung, wenn nicht die geschichte mit der predigt ein erzählerisches risiko darstellte. und falls am sonntag keine predigt stattfände, hätten sie zeit, diese öde geschichte zu lesen, falls am mittwoch dazu keine gelegenheit wäre.

der herr der gezeiten hatte keine zeit[1]

als karl der große, lange vor christi geburt, durch die steppe ritt, hatte er eine erleuchtung. er müsse den ring der wahrheit suchen, und er ritt immer schneller und war schließlich im heiligen land. da fragte ihn der könig, was er hier mache, und er antwortete mit einer frage: kannst du mir sagen, mein könig, wo ich den ring der wahrheit finde? der könig sagte zu karl, geh zum herrn der gezeiten. dieser hatte keine zeit, und so musste er weiter. vielleicht weiß es der herr des wassers, dachte er und fragte wieder. der herr des wassers gab ihm folgenden rat: der ring der wahrheit liegt im wasser, mach auf dem wasser einen kreis, und in dessen mitte findest du ihn. er warf einen stein, es entstand der kreis, er sprang in dessen mitte und tauchte nach dem ring. es war kein ring zu finden, und er ging wieder zum könig. diesmal sagte der könig: dann versuch's halt bei der sonne. gesagt, getan, heißt es im märchen, und er fragte die sonne. als er ihr ins gesicht schaute, sah er einen schwarzen ring mitten in ihrem antlitz. und die sonne sagte: der ring ist hier.

[1] diese *sage* erzählte ein geistig behindeter bei einem gartenfest in seinem heim.

dänengasse

ich ging in der kieler dänengasse in ein kleines café. obwohl *lüneburg* draufstand, sah es recht süddeutsch, um nicht zu sagen bayerisch aus. außen eine venezianische fahne mit der aufschrift café restaurant. innen relativ geschmackvoll, ein wenig alternativ eingerichtet. ein endlosspruchband lief in halber wandhöhe um den raum. über der treppe ins obergeschoß hing eine größere schwarze tafel, die wie ein bild gerahmt war. darauf stand: »liebe gäste, volker und gaby suchen eine 4-zimmer-wohnung, mindestens 100 qm, haben sie eine? danke.« da betrat ein jüngerer glatzkopf das lokal, offensichtlich ein freund der besitzer. er hob stumm die hand zum hitlergruß, und die blonde kellnerin (oder gaby?) erhob ebenfalls stumm die hand. die wenigen gäste bemerkten nichts. ich war so sprachlos, dass mir beim zahlen nicht einmal eine der situation entsprechende bemerkung einfiel. ich gab kein trinkgeld. auch schon was.

terrassengeschichte

um die vordere reihe der tische auf der aussichtsterrasse herrschte täglich ein gerangel. nicht, dass man nicht auch von weiter hinten das prächtige alpenpanorama hätte sehen können – die berge bauten sich über den köpfen der gäste fast noch prächtiger auf –, aber das gefühl, der erste zu sein, vor sich nichts als den abgrund zu haben, war einen täglichen wettlauf wert.

eines nachmittags, als die schnellen, tüchtigen und fleißigen wieder ordentlich an der kante saßen und das prestige ihrer position demonstrativ genossen, gab es einen harten, das ganze tal erschütternden knall. der vordere rand der terrasse brach ab und stürzte in den abgrund. mit ihr war die erste tischreihe verschwunden. dies war der augenblick, in dem die gehirne in den köpfen der philosophen zu arbeiten begannen. einer sah seine these bestätigt, dass die natur schon immer gegen die werte und menschlichen auswahlprinzipien in einer chaotischen, inzidenten, jedenfalls völlig verantwortungslosen weise verstoße, indem sie gerade – nach dem vom menschen umgangenen zufallsprinzip – jene tüchtigen ausrotte, die sich zu weit nach vorne wagten. ein anderer sah dahinter einen teuflischen plan, was nur mit einem allgemeinen gelächter quittiert wurde. beifall erntete hingegen ein rotkopf, der, wenn schon nicht im erdbeben, so doch im bau der terrasse rein menschliche unzulänglichkeiten erkannte und in der selbstdezimierung der gesellschaft, wenn schon nicht einen plan, so doch eine gesetzmäßigkeit. es wäre nun einmal das los der tüchtigen, anständigen, fleißigen und ordentlichen, die die vorderen reihen besetzten, auch den gefahren am stärksten ausgesetzt zu sein, und man müsse solche unglücke als wohltuendes regulativ ansehen, da sonst künftige gesellschaften nur erste reihen haben dürften, was logisch ein unfug und logistisch undurchführbar wäre. so gesehen sei das unglück mit der aussichtsterrasse ein ordentliches lehrstück, obwohl man, zugegeben, nicht genau wisse, welche lehren man daraus zu ziehen hätte. doch, sagte einer von den hinteren tischreihen: *nicht immer in der ersten reihe sitzen zu wollen*. dieser moralisierende schmarren hat uns gerade noch gefehlt, platzte einem der philosophen der kragen, und er verließ die zweite tischreihe, die nun die gefährdete erste war.

der stammgast

der stammgast kündet seine ankunft per telegramm an, heute per fax oder e-mail. der richtige stammgast kommt solo. sein auftreten ist gönnerhaft. man kann nicht behaupten, dass er geliebt wird. die angekündigte ankunft des stammgastes löst unruhe aus. sogar bei den anderen stammgästen. das war doch dieser ekeltyp, der im vorjahr… war das nicht dieser choleriker, der jedesmal im speisesaal die fenster aufriss, wenn sich ein gast eine zigarette anzündete?… der wirkliche stammgast trägt das wort stamm in seinem wappen als gast. er fordert privilegien ein, die ihm nicht zustehen. der stammgast beansprucht immer das gleiche zimmer, obwohl er sich das erste mal darüber heftig aufgeregt hat. der stammgast vermerkt, dass die zwiebelsuppe im vorjahr besser war, obwohl er verlangte, den koch zu entlassen. er droht bei jeder gelegenheit mit der abreise oder dem ausbleiben, ohne zu ahnen, dass alle auf seine abreise und sein ausbleiben hoffen. die küche wird für ihn von jahr zu jahr schlechter. das personal und das wetter sowieso. wäre der stammgast nicht stammgast, würde er diese bruchbude nicht mehr aufsuchen. eigentlich kommt er ja nur seiner liebe zu land und leuten wegen und weil er hoffen darf, dass diese treue belohnt wird. stammgast zu sein ist eine schwierige und undankbare rolle, sie will ernst genommen und erworben werden und sei's durch harte arbeit, hartnäckigkeit, ja brutalität bis zum unerträglichen. stammgast sein ist überwiegend zustand, nicht funktion. wer einmal stammgast ist, wird es immer bleiben. ein wirt lebt von stammgästen und er geht an ihnen zugrunde.

stammgäste kommen aus verschiedenen stämmen. es wurde noch nicht erforscht, welcher stamm die besten stammgäste hervorbringt. es gibt, so ist zu vermuten, nicht nur stammgäste, sondern auch gaststämme. stammgäste stammen meist von bedeutenden gaststämmen ab. die gaststammführer sind bemüht, nur die besten stammgäste auf die besten stammtische zu verteilen. die stammgastordnung sorgt sogar dafür, dass die stammgäste aus den besten gaststämmen auf die stammlokale und stammtische verteilt werden. der titel *gaststammstammgast* wird seltener als kammerschauspieler verliehen.

entrecôte vom almochsen

es war ein nobles hotel mit teppichen, in denen man schuhtief versank, und einem speisesaal mit ausblicken, die jedem schweizer restaurant reputation verschaffen würden. es war auch ein modernes hotel, das den gästen jeden wunsch von den lippen las und dienste anbot, die man sonst nur im orient erwarten durfte. es gab zum beispiel einen geschichtenerzähler, der die gesellschaft beim essen erheiterte und auch die erwünschten persönlichen kontakte, etwa zu den servierten speisen, herstellte. der moderne gast will schließlich wissen, wo sein schnitzel aufgewachsen ist und wo seine schwammerln gefunden wurden. da stand zum beispiel *entrecôte vom almochsen* auf der menükarte, und der erzähler begann mit der heiteren story vom jungen kälblein, das auf der alm zur freude der sennerin herumsprang, die touristen am hintern stubste und so zum liebling des ganzen almbodens wurde. die geschichte – die leicht auszuschmücken wäre – rührte die gäste sehr und der bogen zum entrecôte wurde immer gespannter und schwieriger. es entstand unruhe im saal und in der küche, denn immer mehr gäste wechselten zu safranrisotto, was der koch dem erzähler – über dessen knopfmikrofon – ins ohr brüllte. sofort begann der erzähler aus dem lieben almochsen ein ungeheuer zu fabrizieren, aus den harmlosen popschstubsern wurden attacken eines ungeheuers, das die harmlosen touristen aufspießte. nicht das hotel, wohl aber zwei nahegelegene gasthöfe hatten einige todesopfer zu beklagen. im saal wurde es ruhig, und der koch signalisierte vollbeschäftigung aus der küche. das ende der geschichte ist rasch erzählt: das *entrecôte vom almochse*n war das eines mörderischen stiers, der im letzten moment überwältigt werden konnte und der nichts anderes verdiente, als auf dem teller als stück gegrilltes fleisch zu enden. die gäste klatschten beifall und bestellten nach, es konnte gar nicht genug von diesem ochsen, der nun ein stier blieb, der vielleicht sogar aus einer südlichen arena stammte, auf die tische kommen. noch nach wochen fragte man bei der bestellung einer ochsenschwanzsuppe, ob diese auch von jenem ungeheuer stamme. der erzähler war längst bei den glücklichen hühnern angekommen, die sich für ihr schönes leben mit einer knusprigen haut bedankten. mich konnte der geschichtenerzähler schließlich davon überzeugen, wie schön, aber wie schwer es auch war, aus einem harmlosen ochsen einen wütenden stier zu machen. ohne einen literarisch gebildeten küchenchef, versicherte er mir glaubwürdig, wäre ihm das auch sicher nicht gelungen.

wasserlassen

zwischen kirche und häuserzeile führte eine schmale einbahnstraße talabwärts. hätte die neugotische kirche nicht tiefe strebepfeiler besessen, hätte kein auto stehenbleiben, geschweige denn parken können. diese schmale bucht zierte das schild *parken blumen streithansl.* das war das blumengeschäft gegenüber. solche stellen haben eine magische anziehungskraft, und die streithansls machten durch das prompte ahnden unerlaubten parkens ihrem namen ehre.

nicht so erging es jenem jungen herrn, den wir schlicht robert nennen wollen. robert sah frau streithansl so flehentlich ins gesicht und sagte mit so bedrängter stimme, dass er unbedingt und ganz schnell müsse, ob sie ihm nicht erlaube, kurz im geschäft das klo zu benützen. frau streithansl, großzügiger als ihr ruf, bat den jungen menschen ins geschäft. als das geschäft erledigt war, erlaubte sich der junge, immer hungrige mensch die bemerkung, dass es hier so überaus gut nach frischen, gebratenen eierschwammerln rieche, die er seit seinen besuchen bei der innviertler großmutter nicht mehr gegessen hätte. da frau streithansl ohnehin dabei war, den laden zu schließen und sich dem bescheidenen, aber bodenständigen mittagessen zu widmen, bat sie robert an den tisch. da auch ein schöner krug echten, aus der amstettener gegend eingekauften mostes auf dem tisch stand, plauderten die beiden fröhlich in den tag hinein. der müdigkeit nach den etwas schweren eierschwammerln war es zuzuschreiben, dass frau streithansl an ein nickerchen dachte, und um den netten herrn nicht vor die tür zu setzen, bot sie ihm den diwan in der stube zu einer kontemplativen viertelstunde an. robert, von der langen fahrt und dem deftigen essen müde, schlief natürlich ein, und die tochter des hauses staunte nicht wenig, als gegen fünf am nachmittag ein junges mannsbild auf dem sofa lag.

robert, an die atmosphäre des hauses streithansl inzwischen gewöhnt, machte keine falschen bewegungen, ja er sprach mit einer lockeren selbstverständlichkeit, die die tochter für den falsch parkenden jungen menschen einnahm. es wäre zeit, kaffee zu trinken, meinte die dame des hauses, die sonst blumen verkaufte, und schon stand ein ofenfrischer guglhupf auf dem tisch. die tochter hatte vor, ins kino zu gehen, und da ihr dieser überraschungsgast gar nicht so schlecht gefiel, fragte sie ihn kühn, ob er nicht mit ihr kommen wolle. die mutter ging ja zu einem vortrag, der für jüngere leute bestimmt nicht interessant sei. nach dem kino war es natürlich schon spät, und die streithanslsche tochter brachte es nicht übers herz, den jungen falschparker in sein auto steigen zu lassen. so blieb robert und schlief in der kammer ihres bruders, die nur alle heiligen zeiten benutzt wurde.

die geschichte geht in der ganzen trivialität ihrer folgerichtigkeit weiter. die beiden haben in ihrem leben keinen gemeinplatz bodenständiger zweierbeziehungen ausgelassen. eines hatte sich jedoch bei den streithansls radikal geändert: der schwiegersohn, der sich erfolgreich zum floristen ausbilden ließ, achtet seither unduldsam darauf, dass niemand auf dem parkplatz vor der kirche, und sei's nur zum wasserlassen, stehen bleibt.

bad gastein ist ein poetischer ort. nicht weil thomas mann im haus hirt geurlaubt hat oder diese geschichte im zimmer 57 geschrieben wird, nein, dafür gibt es andere beweise. die poesie des ortes ist sozusagen in die landschaft eingeschrieben. da findet man etwa hoch über dem kongressplatz das wort ALM so groß vor einer almhütte montiert, dass diese dahinter gar nicht mehr zu sehen ist. der *ort* alm wird zum *wort* alm, und man kann mit sicherheit annehmen, dass die nachkommen bismarcks, sollte die alm einmal verschwunden sein, gar nichts vermissen, solange nur das wort, noch dazu nachts und in leuchtschrift, vorhanden ist. schon im vorigen jahrhundert gab es im anlauftal einen wirt, der mit tafeln wie: *achtung, hier beginnt die romantik!* oder, etwas weiter hinten im tal: *achtung, hier beginnt die wildromantik!* dem vorstellungsvermögen der kurgäste etwas auf die sprünge half. heute fällt niemandem mehr auf, dass die häuser von gastein erst durch ihre aufschriften das werden, was sie vielleicht scheinen. wer könnte sonst ein hotel von einem grandhotel unterscheiden, eine villa von einem landhaus oder ein landhaus von einem haus. erst durch die aufschriften wird die hierarchie der anwesenden dienstleistungsbauten durcheinander gebracht, nur beim *bahnhof* ist die sache noch eindeutig. mit solcher realienprosa kann man sich beschäftigen, wenn man nichts zu tun hat, poetisch ergiebig ist sie aber nicht. auch kleine semantische irritationen geben wenig her, wenn etwa auf einem mächtigen baumstumpf entlang des botanischen lehrpfads noch das schild *fichte – picea abies* prangt. solch poetischer müll fällt nur spitzfindigen spaziergängern auf, denen der positive, heimatliche blick fehlt. nicht der rede wert.

bad gastein ist nicht nur ein poetischer platz, sondern kraft seiner landschaft und der gewährten kontemplativen weitblicke ein ort des denkens und nachsinnens. eine linguistische entdeckung besteht nicht darin, dass man dinge benennt, kennzeichnet, also sagt, was sie sind – dieses unterfangen wäre sowieso aussichtslos –, sondern was sie sein sollen. wenn etwa auf einer geschändeten und zur hälfte abgebrochenen hotelruine *grandhotel gasteiner hof* steht, so handelt es sich dabei um eine überaus ökonomische herstellung von scheinwirklichkeit, die höchstens einem denkmalpfleger glänzende augen verschaffte, wenn dieses semantische prinzip in ein ökonomisches verwandelt werden könnte.

es geht aber nicht darum, irgendwelchen denkmalpflegern eine freude zu bereiten. nein. der gast, der seit kaiser wilhelm überall, wo warmes wasser fließt, könig ist, hat ein recht darauf, dass alle aufschriften in stadt und land exakt dem bezeichneten entsprechen und dass alle gegenstände, objekte, die etwas anderes vortäuschen könnten, durch deutlich lesbare beschriftung den wahren sachverhalt mitteilen. schließlich sind wandern, spazierengehen oder flanieren konsumformen, vielleicht sogar höherer ordnung, und der konsumierende hat das recht, über das *was*, kurz über die wahren verhältnisse, aufgeklärt zu werden.

die ersten seriösen und ernstzunehmenden versuche in diese richtung brachten aber schon die größten schwierigkeiten, ja, waren zum scheitern verurteilt: was hätte eine bank nicht alles aufs portal schreiben müssen. schon die aufschrift geldwäscherei hätte andere branchen, etwa die wäschereien, zu spezifizierungen gezwungen, die geradezu lächerlich wären. oder was das schlichte wort *trafik* vermittelte, konnte keine so genaue aufzählung wie rauchwaren, printmedienprodukte oder gewinnspielvermittlung erreichen. vor allem waren die geschäftsportale meist viel zu klein, um alle funktion wahrheitsgetreu mitzuteilen, und, seien wir ehrlich, wen hätten alle diese wahrheiten auch wirklich interessiert?

verfehlter fehlschlag

nach dem fiasko der wahrheitsfindung durch benennung tauchte ein projekt auf, das alle begeisterte, abgesehen von den besitzern der andenkenläden. es war die lösung des kitschproblems. sicher, keiner der alten tourismusorte war davor gefeit, aber was sich in den letzten jahrzehnten abspielte, konnte das juwel der alpinen thermalbäder nicht mehr tatenlos hinnehmen. außerdem sah man ein, dass auf diesem feld andere thermenorte nicht mehr einzuholen waren, also musste schon aus reiner selbsterhaltungskalkulation etwas geschehen.

das projekt war einfach: alle kitschprodukte in den läden und auf den warenständern davor sollten durch einen aufkleber als das deklariert werden, was sie waren: als kitsch. die aktion wurde im rahmen eines dreitägigen festes durchgeführt, und die geschäftsleute übertrumpften einander im bekennertum. das bild war so überwältigend, so lückenlos und so penetrant flächendeckend, dass einige besorgte bürger aus protest sich selbst ein button mit der aufschrift *kitsch* ansteckten. eine solche aktion, sagten sie stolz, hätten wir nicht einmal im *dritten reich* zustande gebracht. das eindrucksvolle war die absolute lückenlosigkeit. alle plätze und gassen waren, gleich einem heuschrekkenschwarm, millionenfach mit dem wörtchen *kitsch* bedeckt. das musste weg, das musste sofort wieder weg.

die freude war groß, das entsetzen aber noch größer, als das wörtchen *kitsch* aus der alpentherme wieder verschwunden war. was die bewohner nicht und die kurgäste noch weniger ahnten: dass das fehlen der kitschbezeichnung das neue bewusstsein vom kitsch nicht zum verschwinden gebracht hatte. im gegenteil. in jedem gegenstand, im oder vor dem laden, erkannte jeder sofort den kitsch. die verzweiflung wäre nicht so groß gewesen, wenn nicht die geschäftsleute selbst mit scham, ja ekel ihre waren angeboten hätten, die frage auf den lippen: *was, diesen kitsch möchten sie kaufen?*

man entschloss sich zu einer radikalen maßnahme: alle bisherigen gäste bekamen ein zehnjähriges kurverbot, und bei einer allfälligen neueinreise durften sie das wörtchen *kitsch* in ihrem wortschatz nicht mitführen. die bewohner wurden angehalten, nur mehr österreichische heimatfilme anzuschauen, und im regionalen fernsehprogramm gab es ausschließlich nettes von *land und leuten*. die lokale kitschempfindlichkeit wurde wie die maul- und klauenseuche bekämpft. aber sie war nicht mehr auszurotten.

spiegelungen

im art'otel zu dresden wurde das mathematische paradoxon der vierfachen unendlichkeit gelöst: in den verspiegelten, kunstvoll ausgestalteten halbrunden badezimmern steht jeweils ein umgekehrter kegelstumpf als waschbecken, an dem der sich waschende dreimal gespiegelt wird. man ist also schon bei der morgentoilette zu viert, sozusagen viermal sich selbst ausgeliefert, was nur ein sadist oder ein doppelter narziss zum quadrat entwerfen konnte. auch die vierfache unendlichkeit entsteht durch spiegelung, ein alter trick, an dem sich die architekten immer noch erfreuen. die einmanngruppe zu viert spiegelt sich also unendlich, und da schon die vierergruppe ein spiegeleffekt ist, kann man von einer vierfachen unendlichkeit sprechen. man muss nicht betonen, dass die übrigen leistungen des bades eher verkümmert sind: die handtücher kann man weder ordentlich aufhängen noch hat der rasierspiegel ein brauchbares licht, der seifenbehälter ist versteckt wie ein feuerlöscher, und in der dusche rutscht man aus.

der gleiche designer hat auch in den verspiegelten toilettanlagen des hotelrestaurants einen pissbaum für vier männer erfunden. diesmal ist man nicht allein zu viert, sondern zu viert allein. man steht angesicht zu angesicht, getrennt durch kleine nabelhohe flügelchen aus opakem glas und pisst gegen ein gemeinsames zentrum. aus der explosion in die unendlichkeit im bad ist eine art kollektive implosion geworden, aus der vervielfältigung der einsamkeit ein akt kollektiver geselligkeit.

knalkoff

hans knalkoff ist ein etymologischer sonderfall, nicht er, sondern sein familienname. knal kommt nicht von knall, sondern von knol oder kniga, koff nicht von kopf, sondern von mala oder svet. kniga kommt aus dem altslawischen und hat etwas mit unzuverlässig zu tun, mit einem menschen, der lesen oder gar schreiben kann. ob es tatsächlich einen knigakoff gibt, konnte in den zahlreichen osteuropainstituten nicht erfragt werden, es spielt auch für diese geschichte keine rolle, weil sie keine chance hat, zu einem ordentlichen ende geschrieben zu werden. es ist sonntag mittag, die milde herbstsonne scheint durch die kleinen fensterscheiben, und es ist so überhaupt kein etymologisches wetter. die bulgaren, die auskunft geben könnten, sind auf der donauinsel, man müsste sie unter oder weit weg von den vielen türken suchen. an einem sonntag, an dem die milde herbstsonne durch die kleinen fensterscheiben scheint, schreibt man eben keine geschichte, eine etymologische schon gar nicht. nachmittags könnte es allerdings passieren, dass man die malakofftorte mit einer verfeinerten wahrnehmung genießt, womit bewiesen ist, dass lesen nicht nur bildet, sondern auch abenteuer im koff verschafft.

ofenrohr ost – ofenrohr west

im westen, etwa im satten innviertel, vegetierte unter den bauern ein matter, frauenfeindlicher witz: wenn du nicht weißt, was du deiner frau zu weihnachten schenken sollst, dann kaufe ihr einfach ein ofenrohr, umgetauscht wird sowieso.

im osten, etwa in der armen mark brandenburg, gab es die einrichtung der bückläden, in denen bückware zu haben war. bückware, das waren jene offiziell nicht vorhandenen güter, die die verkäuferin unter der budel versteckt hatte und sich eben bücken musste, wenn sie sie dezent hervorholte. eine klassische bückware war ein ofenrohr, besonders das knie. und die höchste form von luxus: ein weiß lackiertes ofenrohr. es ist nicht bekannt, ob jemals ein innviertler seinen witz zu ddr-zeiten in brandenburg erzählt hat.

als siebzigjähriger, sagte ein siebzigjähriger, muss man zu den geburtstagsfeiern der achtzigjährigen gehen, zu den neunzigjährigen auf alle fälle und zu den hundertjährigen sowieso. mit den sechzigjährigen hat man es etwas leichter, die fünfzigjährigen kannst du vergessen, solltest aber nicht. das ritual dieser geburtstagsfeiern hasse ich, insbesondere die reden von kolleginnen und kollegen, freundinnen und freunden oder, noch schlimmer, von verwandten. die unwahrheiten, schmeicheleien, ja lügen und was es noch an durchschaubaren unverschämtheiten geben mag, sind allesamt peinlich, mehr aber noch die wahrheiten, die manchmal zu vorgerückter stunde, ab 0,8 promille ans tages- oder ins kunstlicht gezerrt werden. am unerträglichsten sind die witwen und witwer in spe, die ihre künftigen rollen im angesicht ihrer verschiedenen in spe – die sich aus dem staub machen werden, um zu staub zu werden –, die ihre rollen bereits einüben, aufopfernd um alle rituale besorgt und vor allem bekümmert, dass alles störungsfrei, wie am schnürl, wie ein begräbnis, abläuft. noch ärger sind die harmlosen, aber anhaltenden fragen: *kannst du dich noch erinnern?* ich kann mich nie an etwas erinnern, so dass ich manchmal das gefühl habe, auf der falschen geburtstagsfeier, beim verwechselten geburtstagskind, bei ausgetauschten freunden oder bei irrtümlich anwesenden unbekannten verwandten zu sein. merkwürdig ist nur, wenn ich die frage stelle, *kannst du dich noch erinnern*, dass ich immer eine exakte antwort bekomme, so als hätten die kollegen, freunde oder verwandten nichts anderes im kopf als die dummheiten von jahrzehnten von einer geburtstagsfeier zur anderen, von einem begräbnis zum anderen zu tragen. das ist das stichwort: die begräbnisse sind die ausgleichende gerechtigkeit für die geburtstagsfeiern, da betrifft das *kannst du dich noch erinnern* meist den toten, der von allem nichts mehr hört, wenn es stimmt, was man sich so vorstellt. aber die begräbnisse sind nicht die lösung der geburtstagsfeiern, weil immer wieder neue fünfziger, sechziger, siebziger, achtziger, neunziger und hunderter nachwachsen, mit den gleichen ritualen, den gleichen potentiellen witwen und witwern und den gleichen reden, die ohnehin meist von den rednern handeln und nicht von den gefeierten, schließlich sind die auch fünfzig, sechzig, siebzig, achtzig, neunzig oder hundert, und da ist es verständlich, dass sie sich lieber selbst loben, statt dem geburtstagskind zu schmeicheln, denn es muss genügen, wenn man eine hundertjährige oder einen hundertjährigen noch ein kind nennt.

gell – oder?

gell, sagte er, gell, es gibt leute, die sagen nach jedem satz gell. gell? oder sie sagen nach jedem satz oder. oder?

geschichten

geschichten sind nicht dazu da, um geschichten zu erzählen, dachte er, und da er alleine auf der straße war, sagte er es laut. schließlich brüllte er: geschichten sind nicht dazu da, um geschichten zu erzählen. da klopfte ihm jemand auf die schulter und fragte freundlich im ton eines vorarlberger geschichtenerzählers: das glauben viele, aber wenn du willst, kann ich dir dazu eine gute geschichte erzählen …

romanze

eine dauerwelle und eine druckwelle trafen sich in santa barbara am strand. es war liebe auf den ersten blick. die druckwelle fuhr der dauerwelle durchs haar, so sanft sie nur konnte. dann saßen sie im sand und schauten stundenlang den wellenreitern zu und schließlich der untergehenden sonne. wenn wir kinder hätten, flüsterte die druckwelle verträumt, dann hätten wir lauter dauerdruckwellen. oder druckdauerwellen, entgegnete schnippisch die dauerwelle. blödsinn, sagte die druckwelle, wo du doch gar keinen druck verträgst, schon gar nicht dauerdruck. das lass' nur meine sorge sein, motzte die dauerwelle, schließlich ist nicht ausgemacht, dass eine druckwelle auf dauer hält, wenn es sich bei dir nicht überhaupt um ein recht vergängliches phänomen handelt. plötzlich waren beide still und traurig. das war jetzt unser erster streit, sagten sie gleichzeitig.

günther oder siegfried

da könnte jeder zu mir günther sagen, sagt erich und zeigt auf den vor ihm am boden liegenden mann. günther ist für mich das letzte, das schlimmste, obwohl, zugegeben, erich auch nicht viel besser ist. aber wegen erich habe ich noch nie einen kinnhaken riskiert und, ich schwöre es, noch niemanden zu boden gehen lassen. nicht wegen erich.

oder:
da könnte jeder zu mir siegfried sagen, sagt hagen und zeigt auf den vor ihm am boden liegenden mann. siegfried ist für mich das letzte, das schlimmste, obwohl, zugegeben, hagen auch nicht viel besser ist. aber wegen hagen habe ich noch nie einen kinnhaken riskiert und, ich schwöre es, noch nie jemanden zu boden gehen lassen. nicht wegen hagen.

oder:
da könnte jeder zu mir hasi sagen, sagt hasi und zeigt auf den vor ihm am boden liegenden hasi. hasi ist für mich das letzte, das schlimmste, obwohl, zugegeben, hasi auch nicht viel besser ist. aber wegen hasi habe ich noch nie einen kinnhaken riskiert und, ich schwöre es, noch nie jemanden zu boden gehen lassen. wegen hasi nicht.

hinweis

hochverehrter gast. unser personal ist bemüht, ihnen das lästige und nervenraubende tropfen der verschiedenen wasserhähne zu ersparen. als ersatz haben wir das leise knacken der lampen und anderer elektrischer geräte ersonnen, das, dank unseres sounddesigners, dem tropfen der wasserhähne sehr nahe kommt, so dass sie in unserem haus der vertrauten geräusche nicht entbehren und trotzdem die gewissheit haben, vor dem einschlafen nicht noch einmal aufstehen und ins bad gehen zu müssen.

hinweis 2

hochverehrter gast. unser personal ist bemüht, sie vor jeder wie immer gearteten elektronik zu schützen. wir garantieren ihnen eine durch und durch natürliche welt, einen aufenthalt in unserer wunderbaren natur. es ist uns gelungen, sogar das tropfen der wasserhähne zu belassen und nicht durch irgendwelche technischen tricks zu ersetzen. ergeben sie sich der natur unserer wunderbaren haustechnik, lauschen sie dem kontemplativen gesang unserer leitungsrohre, und sie werden wie neugeboren unser hotel verlassen.

bekennender nasenbohrer

ich hatte glück. es passiert selten, dass sich von der nasenscheidewand eine ganze platte, sozusagen eine ganze krustenbrücke löst, so dass der gefühlvoll bohrende zeigefinger mit einer art kappe an die oberfläche kommt und dem auge einen freudigen anblick bietet. einen kurzen allerdings. denn der drang zum wuzeln ist archaisch, die nasenramel würden sicher ein gebirge ergeben, wenn sie ein archiv, ein museum aufbewahrt hätte. hier ist der punkt, den leser zu verabschieden und ihn allein weiterdenken, weiterträumen zu lassen. am besten ist ein popel zwischen zeigefinger und daumen, in langsamer drehbewegung verdichtet, der die wenigen meditativen glücksmomente auslöst, wo körper und welt, geist und universum durch ein milligramm selbstproduzierter materie, geknetet in harmonie versinken.

vollkommen überzeugt

ich bin vollkommen überzeugt, dass noch nie ein kamel durch ein nadelöhr gegangen ist, sagte er mit todernster miene, und deshalb fällt das eher in das reich der nonsenspoesie, denn ehe ein kamel durch ein nadelöhr geht, müsste es die gewissheit haben, dass es durch ein solches auch gehen kann. ehe diese gewissheit nicht existiert, ist es vernünftig, ein kamel gar nicht in die nähe eines nadelöhrs kommen zu lassen. blöd wie die tiere sind, würden sie einen versuch wagen, und wer weiß, ob es nicht doch gelänge, und dann kämen vielleicht sogar noch die reichen in den himmel.

es gibt

es gibt gesichter, sagt er fast dozierend zu sich selbst, es gibt gesichter, denen möchte man nicht zweimal begegnen. so ein gesicht saß im bus zum flughafen tegel vor mir. am feisten schädel nicht einfach kurze haare, sondern kurzer haarschnitt, augen stahlblau, nichts und alles durchschauend, röntgenblick. man fühlt sich durchschaut, ohne wahrgenommen oder gar zur kenntnis genommen zu sein. schädel mit eisschicht. aura gefrierhaus. was in den schädel eindringt, wird in verachtung aufgelöst. säurebad. die ohrmuscheln – fladen unstrukturiert wuchernder knorpel. eine art garnierung, um die vorder- von der rückseite des kopfes unterscheiden zu können. auch diese ohren schienen nichts wahrzunehmen, denn der schädel zeigte keinerlei reaktionen auf die vorgänge im bus. arsch mit ohren. meine augen waren von diesem ungeheuer gefangen, wenigstens meine blicke hätte der schädel von hinten registrieren müssen. ich produziere ein gegenbild in meinem kopf: alles aufnahme, die kürzeste phase dieser vorstellung aggressivster interesselosigkeit registrierend. ich war froh, als der rundschädel den bus verließ. ich folgte mit respektabstand und verlor ihn in der halle, um ihn auch gleich zu vergessen. es gab mir einen stich, als sich das ungeheuer in der wartezone neben mich setzte. hatte er, der mich anscheinend nie wahrgenommen hatte, mich wiedererkannt? wenn ich es zugäbe, müsste ich die ganze geschichte, den zettel, auf den ich sie neben ihm sitzend niederschreibe, in den papierkorb werfen. er sitzt dicht neben mir, und ich muss ihm wenigstens nicht ins gesicht schauen, auch nicht betont den blick von ihm abwenden. offenbar hat das untier hunger. es reißt geräuschvoll eine plastikpackung auf und fingert der reihe nach kokoskekse aus einer schubladenähnlichen umhüllung. ich bilde mir ein, auch ein schmatzen zu hören, ein zufriedenes gebrumme, eine art grunzen. das unikum verströmt zufriedenheit und, zumindest akustisch, wärme. vielleicht ergibt es einen sinn, dass ich gewissermaßen aus notwehr die geschichte zu schreiben begonnen habe, um ihn auf distanz zu halten. jetzt versucht er, mich durch lautes kauen und zerknüllen der plastikverpackung zu ignorieren. ich sehe eine behaarte hand vor meiner nase, zwischen den fingern ein gummibärchen und eine fistelstimme dringt in mein ohr: möchten sie auch?

schreibtypen

es gibt kugelschreibertypen und filzstifttypen. die kugelschreibertypen ruinieren jeden filzstift, die filzstifttypen hassen jeden kugelschreiber, weil man damit nur mit druckkraft schreiben kann. kugelschreibertypen sind nachkommen von gänsekiel- und stahlfedernschreibertypen (bitte das binnen-I mitdenken), während die filzstiftler und filzstiftlerinnen aus der edlen dynastie der asiatischen pinselkalligraphen stammen. filzstiftschreiber und -schreiberinnen schreiben entspannt, kontemplativ, poetisch, kugelschreibertypen meist mit vorlage wie schispringer, die sich mit großer anspannung und anstrengung in den abgrund stürzen. kugelschreibertypen bekritzeln jeden beliebigen zettel, jeden papierfetzen, der gerade zur hand ist, filzstifttypen suchen erlesene papiere, blütenweiße zettel, keine reißware. kugelschreibertypen achten nicht auf schreibunterlagen, sie verewigen sich wie kyselak auf allem, was widerstand leistet, schmeißen hingegen die produkte ihrer schweißarbeit achtlos weg. filzstiftschreiber bewahren alles beschriebene, jedes dokument ihrer kalligraphischen genüsse auf, vermutlich, weil sie eben keine anderen spuren hinterlassen. probleme entstehen, wenn man den kugelschreibertypus schlicht als kugelschreiber oder kugelschreiberin bezeichnet, weil die verwechslung von subjekt und objekt immer schon zu sprachlichen verwirrungen geführt hat. wer einen kugelschreiber zum schreiben benutzt, ist noch lange kein kugelschreiber – höchstens ein kugelschreiberschreiber –, obwohl eigentlich der witz der erfindung die kugel ist und man tatsächlich mit der kugel schreibt. man kann zwar auch einen filzstift als schreiber bezeichnen, obwohl der filzstiftschreiber eher als mensch, der den filzstift benützt, denn als filzstift zu denken ist. dies nur als fleißaufgabe zur unterscheidung von kugelschreiber- und filzstifttypen, denn dass ein unterschied besteht, beweisen hinreichend deren benutzer, von deren fingerspitzengefühl noch gar nicht die rede war, was wohl auch nicht mehr notwendig ist.

ansicht – aussicht

es war eine geniale idee: jeder erbauer eines hochhauses, der die menschen einer stadt automatisch zwingt, auf dieses zu schauen, sollte verpflichtet werden, jedem bewohner der stadt auch die gelegenheit zu geben, von diesem weg auf die stadt zu schauen. damit wäre unausgesprochen vorausgesetzt, dass der anblick in jedem fall hässlicher sei als die aussicht. der erfinder hat aber nicht bedacht, dass mit jedem nach diesem gesetz erbauten hochhaus auch der ausblick auf hochhäuser, also die ansicht, zunimmt, sodass der fall eintreten könnte, dass der blick auf das eigene schöner ist als jener auf alle anderen, was ein schlechter tausch wäre. damit ist wieder einmal bewiesen, dass man gedanken zu ende denken sollte oder, anders ausgedrückt, dass es in jedem falle besser wäre, ein schönes hochhaus zu bauen.

apfelspalte

er hatte die gewohnheit, den apfel in sechs oder acht teile zu spalten oder in spalten zu teilen und dann das gehäuse und die ansätze von stingel und putzen herauszuschneiden. in wirklichkeit *schnitt* er die spalten, aber das würde dann heißen: er hatte die gewohnheit, den apfel in sechs oder acht teile zu schneiden und dann das gehäuse und die ansätze von stingel und putzen herauszuschneiden. dieses doppelte schneiden, das irgendein schulmeister einmal als schlechten stil denunzierte, stört wirklich ein wenig. andererseits müssten die apfelspalten von einem spalt- und nicht von einem schneidevorgang kommen, sonst könnte man gleich schnitten, apfelschnitten sagen, wodurch ein neues konfliktfeld eröffnet wäre, denn apfelschnitten können niemals als teil eines apfels akzeptiert, sondern höchstens als apfelkuchen angesehen werden. natürlich schneidet er, wer ist er denn eigentlich, auch nicht das gehäuse von den spalten, denn es kann sich höchstens um ein sechstel oder achtel eines gehäuses handeln, von den kerben der stingel und putzen, die auf den spalten nur als ansätze sichtbar bleiben, gar nicht zu reden. überhaupt, wie kann eine kerbe, die eigentlich eine vorstufe zum loch ist, im gespaltenen zustand zum ansatz werden und, noch viel absurder, die aus dem apfel geschnittene spalte, die einen spalt oder eine spalte hinterlässt, in ihrer körperlichen erscheinung, also in ihrer positiven negativform, im minus wie im plus – wie kann der abgespaltene teil in seiner veritablen körperlichkeit, auch spalte genannt werden? als er den apfel ohne putz und stingel, mit herausgeschnittenem gehäuse verzehrt hatte, wusch er das messer, das er eigentlich spalter nennen müsste und beschloss, künftig alle äpfel einfach mit putz ohne stingel, mit allem gehäuse zu zerbeißen, ohne daran denken zu müssen, welche art von spalte er gerade im mund hat.

wie ein wasserfall

es ist wahr, sagte der wasserfall, seit ich denken kann, falle ich an mir selbst hinunter, das müsste doch unendlich fad sein. ist es aber nicht. das beginnt damit, dass es mich als wasserfall gar nicht gibt. man könnte mich tropfenfall, tropfensturz nennen, denn ich falle in einzelne tropfen aufgelöst in die tiefe. jeder tropfen für sich. jeder eine andere bahn. jeder auf verschiedene punkte des felsens und das, seit ich denken kann. sie müssen mir's nicht glauben, aber es ist noch kein tropfen wasser unter gleichen umständen von oben nach unten gestürzt, jede bahn ist neu, keine wiederholt sich. einmal ist das wasser mehr, einmal weniger, einmal erstarre ich zu eis, dann ist es wieder so warm, dass ich fast verdampfe. jetzt rede ich auch schon, als ob es mich als ganzes gäbe. haben sie überhaupt einmal darüber nachgedacht, wo so ein wasserfall beginnt und wo er endet? ich beginne im fluss und ende im fluss. aber wo. an welcher stelle? ich bin die längste strecke, die längste zeit gar kein wasserfall. das ist doch blödsinn, wandte ich ein, du musst doch irgendwo beginnen und irgendwo aufhören, sonst wärst du ja ein fluss und kein wasserfall. überhaupt, wie könntest du denn als wasserfall reden, wenn es dich nicht gäbe. er war still. es war so still, als hätte er für einem moment innegehalten, als hätte sich seine bewegung, seine existenz in ruhe, in stillstand aufgelöst. aber da donnerte er schon weiter, als wollte er trotz des leugnens seiner existenz gerade diese beweisen. weißt du, sagte ich, ich habe genug. ich werde mit einem wasserfall keinen disput anfangen. ich mit einem menschen wie dir auch nicht, sagte er merklich rauschend. du redest wie ein wasserfall. ich hatte den eindruck, als sähe ich zum ersten mal jeden einzelnen tropfen von ihm in die tiefe stürzen. es ist auch besser so, sagte er.

tischkrematorium

es ist nur eine frage des maßstabs, sagte der gebildete gast des berühmten thermenhotels, und es gab nur gebildete gäste. es ist nur eine frage des maßstabs, ob man sich den toaster in der frühstückshalle als ein einfaches gerät, also schlicht eins zu eins vorstellt, oder ob man es, nur im kopf natürlich, virtuell vergrößert. der glühende schlund, der meist nur verkohlte brotkrümel ausspuckte oder, wenn er zu schwach eingestellt war, ein bleiches, kaum angeröstetes toastbrot, hatte eine intelligente konstruktion: vorne, sozusagen im proszenium, befand sich ein schräger rost, auf den man die brotschnitte legte. der winkel des rostes war so steil, dass sie nach unten rutschte, wo ein horizontal geführtes, ebenso rostartiges förderband das brot langsam nach hinten zog. die bewegung war so langsam und feierlich, dass jeder an ein krematorium und an eine verabschiedung denken musste, besonders dann, wenn das brot verkohlt zu boden fiel und wie in einem automatenfach liegenblieb, sodass man es mit den fingern oder mit einer zange herausfischen konnte. dieser vorgang war allerdings metaphorisch kontraproduktiv, weil der oder das verabschiedete, in welcher form auch immer ins leben zurückkam. ich dachte sofort an einige verbesserungen, etwa durch ein tonband mit entsprechender gespeicherter musik. ich war gerade dabei, einen delinquenten aus dem feuer zu holen, als hinter mir das largo von händel angestimmt wurde. stop, schrie ich, stop, ich muss erst eine scheibe auf den rost legen.

visite

sie zockelte durch die lobby eines bürgerlich, aber geschmackvoll eingerichteten hotels. ihr blonder, etwas gealterter kopf schien, vom körper getrennt, einige zentimeter darüber zu schweben. er drehte sich wie ein ballon langsam hin und her. ihre augen, die keine personen, aber gegenstände wahrnahmen, schienen nur funktionen eines unentwegt kalkulierenden gehirns zu sein. augen, die sich in einem trödlerladen selbständig gemacht haben, die nur gegenstände oder hotels sammelten. der mann, mit blauen knielangen shorts und hängebauch, trottete lustlos glotzend hinter ihr her. er wiederholte jede kopfbewegung der frau mit verzögerung und einigen metern abstand. während sie zwei prall gefüllte kunststofftaschen umgehängt hatte, schleppte er eine schwere reisetasche. als sie die gesellschaftsräume durchquert hatten und bei der terrasse vor dem speisesaal angelangt waren, machten beide mit choreographischer präzision kehrt und nahmen den ausgang ins visier, kurz bevor sie ins freie traten, sagte sie laut und im reinsten ötztaler akzent: so.

der posaunist am wasserfall

in diesem titel steckt ein kitschvirus. trotzdem. auf dem weg zum *grünen baum* führt die kaiser-wilhelm-promenade ein kleines stück den kötschachbach entlang. der name des wildbaches ist ein kleiner pleonasmus, weil *kötschach* für einen wildbach auch genügen würde. der bach tost in einer klammartigen schlucht, und wenn es sich auch, der redlichkeit halber, um keinen wasserfall handelt, so sind akustisch doch alle merkmale eines solchen vorhanden. den posaunisten an den gasteiner wasserfall zu stellen, würde, wenn es das noch nicht gäbe, ein neues kitschklischee schaffen, ein motiv für zahlreiche hobbymaler und naturdichter. außerdem stand der alte rote ford mit offener hecktür wirklich in dieser schlucht. mit einigem abstand, direkt am tosenden wasser, hatte der posaunist seinen notenständer aufgestellt. natürlich, was ist natürlicher, als in dieser natur natürlich zu sagen, begann die geschichte anders:

am weg zum *grünen baum*, der am besagten wasserfall, der keiner ist, vorbeiführt, wird das seelenrührende, die zeit als ewigkeit simulierende rauschen des wasserfalls nur durch das piepsen der halbgezähmten singvögel unterbrochen, die von den touristen, als natur bewundert, halb oder ganz totgefüttert werden. auf diesem weg drangen, langsam vom getöse des baches sich deutlich absetzend, nie gehörte töne an mein ohr. auf das gleichmäßige rauschen des wassers legten sich sanfte blechtöne, ruhig, präzise gesetzt, ein artifizielles vergnügen in soviel natur. der gedanke, hier probe ein instrumentalist seine lunge im angesicht von naturgewalten, griff zu kurz. die getragenen töne waren in der tat stärker als das brausen. sie lagen wie ein schwimmer auf dem toten meer. sie zähmten das zeitlose, gestaltlose geräusch in einen rhythmus, in wahrnehmbare zeit. der wasserfall gewann kontur. das rauschen erblühte zu musikalischer schönheit. und jetzt der kitsch: möge die natur in allen dingen stärker sein, es gibt augenblicke, in denen sie der mensch beherrscht, ein paar von ihm gesetzte töne verwandeln ein geräuschchaos in ordnung. ordnung? ja ordnung, dieses kulturschaffende und kulturenzerstörende gift. und die geschichte hat noch ein nachspiel. in gedanken versunken, wie man sich vorstellen kann – ob tief oder erhebend ist einerlei –, betrat ich talabwärts den marienweg. nach einiger kletterei über rutschige und feuchte hölzerne hangstege, stand ich vor einer holztafel *wasserfall kötschache*, handgeschnitzt, in einer etwas vernudelten anthroposophischen fraktur. hier war also wirklich der wasserfall, und die kötschache war kein pleonasmus. wo der weg sich von der ache abwendet und eine besonnte wiese erreicht, stand ein wegweiser: wasserfallweg. der marienweg führte nur talabwärts, aufwärts war er der wasserfallweg. der kötschachbach wurde zur kötschache, weil ich sie wohl zu heftig urgiert hatte. und auch der wasserfall war mir zuliebe da, weil der titel *der posaunist am wasserfall* doch zu schön ist. nur der posaunist stand oben bei der brücke, wo hätte er auch sonst seinen roten, alten ford parken sollen.

vorzeichen

als die dogge des tierfreundes und deutschen reichskanzlers fürst otto von bismarck-schönhausen den dackel des hoteliers straubinger zu tode biss, sahen viele kurgäste von bad gastein darin ein schlechtes vorzeichen für die künftigen deutsch-österreichischen beziehungen. allerdings wurde gleichzeitig und glaubwürdig von augenzeugen berichtet, dass der dackel voll bewunderung für das edle deutsche tier sich mit wollust hatte zerbeißen lassen. auch das war ein vorzeichen.

schlagende verbindungen

schlag ist nicht schlag. hatte man einst ein stück beschriebenes papier, brief genannt, mit einem schützenden umschlag versehen, also vermutlich ein anderes stück papier darübergeschlagen, so hat der heutige briefumschlag, maschinell geschnitten, gefaltet und geklebt, mit einem schlag in keiner weise mehr etwas zu tun. es gibt aber auch den umschlag als platz, auf dem soviel wie gar nichts geschlagen wird, nicht einmal um etwas herum. und womit schlägt der aufschlag? wenn etwas auf etwas aufschlägt, so geschieht ihm das, und wenn jemand etwas aufschlägt, kann er einen preis gerecht oder ungerechtfertigt erhöhen. was hat das mit schlagen zu tun? und wenn jemand einschlägig vorbestraft ist, ist dieser einschlag weit von einem bombentrichter oder jenem einschlag entfernt, der wiederum ein brief sein könnte, wobei wir wieder beim umschlag wären, der vom hausarzt auch wickel genannt wird. wenn aber einer einen wickel hat, muss das noch lange kein umschlag sein. und wenn sich jemand den kopf anschlägt, hat er noch lange keinen anschlag verübt. bekommt jemand unvermutet einen abschlag, so sollte er sich freuen, aber das hat mit wasserlassen nichts zu tun, obwohl manche vom wasserabschlagen reden. schlag ist eben nicht schlag. pferde, die einen ausschlag haben, müssen deshalb nicht ausschlagen, obwohl sie dabei der sache schon näher kämen.

schöpfung

das A stand allein, wie nur ein A am anfang der welt allein stehen kann. du darfst dir etwas wünschen, sagte der schöpfer aller sprachen. ja, wenn ich mir etwas wünschen darf, dann ein L, sagte das A. warum ein L, fragte der schöpfer aller sprachen, ich hätte eher ein B erwartet. aber bitte, das L. doch jetzt entsteht das erste methodische problem, sagte der schöpfer aller sprachen, soll ich nun das A oder das L um den nächsten buchstaben fragen. ich entschließe mich für das L, sagte er, damit erfand er gleichzeitig einen vorläufer der stillen post. also liebes L, was wünscht du dir für einen buchstaben? ein P, kam es wie aus der pistole geschossen. brav, sagte der schöpfer aller sprachen, aber ein alphabet wird es nicht mehr. das interessiert mich auch gar nicht, sagte das L. und das P? wünscht sich ein H. da staunte der schöpfer aller sprachen und verlor die lust, weiter zu fragen. da sagte das H, bitte ein A. obwohl es gar nicht gefragt worden war. da zürnte der schöpfer aller sprachen und schrie: ihr werdet mich noch zwingen, wegen eines einzigen buchstabens ein ganzes alphabet zu erfinden.

vorleich

es ist doch logisch, sagte der dichter höheren grades und noch höheren alters, es wäre doch logisch, wenn man schon einer bibliothek oder gar der nationalbibliothek seinen vorlass anvertraut hat, dass man, um den immer mehr begräbnissen gleichenden geburtstagsfeiern ein ende zu bereiten, dass man – und er blickte ebenso verschmitzt wie versonnen in die runde –, wenn man aus diesen für viele, ja vielleicht für alle so qualvollen ritualen ein endgültigeres erfinden könnte. aus der *leich*, wie immer noch vor allem in wien ein leichenbegängnis genannt wird, könnte man eine art *vorleich* machen, wobei der betroffene, noch seiner sinne fähig und nicht ohne neugierde, dabei zuschauen könnte, wie sich die betroffenheit, nicht unbedingt besoffenheit, der zunft wie die pestilenz ausbreitet, wie das lob maßlos, weil ohnehin nicht mehr wirksam, etc. etc.... alles blödsinn, sagte ein vorsitzender einer literarischen gesellschaft, und zwei präsidenten und eine präsidentin von literarischen vereinen nickten heftig, alles schmarren, ihr werdet doch nicht glauben, dass bei grabreden weniger gelogen, weniger den schönen witwen geschmeichelt wird als bei den geburtstagsreden. bei geburtstagsreden besteht wenigstens die chance – geschick und häme vorausgesetzt –, dass das geburtstagskind ahnt, woher und wie der wind weht, oder? alles schwachsinn, sagte ein dritter, und diese stimme war gewichtig, eine vorleich kann nur gelingen, wenn eine echte vorwegnahme stattfindet, und den dichter oder die dichterin möchte ich sehen, hypochondrisch und abergläubisch wie sie alle sind, der oder die lust auf eine echte verlogenheit hat, auf häme im trauerflor, auf die stunde der wahrheit und auf das stufenlose übergehen ins fröhliche überleben der anderen, ins vortotenmahl, wo erst die gemeinheiten richtig luft holen. ich glaube, abergläubisch wie ich bin, es war doch keine gute idee, es sei denn, man würde das ganze im kollektiv, solidarisch, als event, im fernsehen …?

rezept

man muss einen guten einstieg haben. der erste satz ist das wichtigste. dann muss es fließend weitergehen. nicht stocken, nicht stehen bleiben. nicht nachdenken. der schluss muss unvermittelt, unangekündigt da sein. und wenn das alles optimal gelaufen ist … beginnt die arbeit.

heiße luft

heiße luft, und sei sie noch so gut und schön verpackt, kühlt trotzdem schnell aus. sie muss immer wieder aufgewärmt werden. aufgewärmte heiße luft? entsetzlich! eine fehlkonstruktion! nichts als heiße luft.

frage- und rufzeichen

ein fragezeichen sollte sich nicht in ein rufzeichen verlieben, aber es geschah. vielleicht weil sich gegensätze anziehen, vielleicht weil das etwas pummelige fragezeichen einfach für alles schwärmte, was schlank ist. liebst du mich, fragte erwartungsgemäß das fragezeichen das rufzeichen? ja, donnerte es zurück, dass das fragezeichen vor schreck erzitterte. warum musst du so brüllen, fragte das fragezeichen. ich brülle nicht, sagte das rufzeichen, ich betone nur. und willst du auch kinder, fragte das fragezeichen kleinlaut? ja, aber nur solche, die sich klar ausdrücken, sagte das rufzeichen, die deutlich sprechen und nicht dauernd alles in frage stellen. diese ewige fragerei würde mir ganz schön auf die nerven gehen. aber die intelligenteren sind doch die, die alles in frage stellen, erlaubte das fragezeichen einzuwenden. was heißt hier intelligenz, brüllte das rufzeichen, meine sache ist es, alles zu betonen, was betont werden soll. das ist meine pflicht. und ich erfülle meine pflicht, wie es vielleicht deine ist zu fragen. was heißt hier pflicht, sagte das fragezeichen, krümmte den rücken und zeigte wie eine schwangere den bauch: was du betonst ist vergangenheit, ist bestenfalls gegenwart, ich aber trage die zukunft in mir.

etwas zu viel etwas

etwas zu viel etwas, sagte der nihilist vor einem weißen monochromen bild stehend. weshalb diese eine senkrechte, dünne linie? viel zu viel. diese linie ist ja nur graviert, sie ist gewissermaßen nur ein spalt, eine trennung, erlaubte sich der künstler schüchtern einzuwenden. alles was teilt, mein lieber, das verdoppelt gleichzeitig. hier in diesem weißen, getünchten raum – wenn nur die menschen nicht hier wären –, an dieser weißen wand, bekommt man mit dem weißen bild noch eine ahnung vom nichts. gewissermaßen ein hauch von etwas auf einem hauch von etwas. aber stellen sie sich ihr bild in der natur vor oder in einem bürgerlichen wohnzimmer, in einem dieser krämerläden ausgestellten bildungsmülls, was wird da aus ihrem herrlichen nichts? ein plakatives etwas, eine dekorative pose, ein ins etwas gekipptes nichts, also ein ganz besonderes etwas. schrecklich. ahnen sie die botschaft? das nichts bleibt ein unerreichbarer zustand. das nichts ist gott. dieser schuf das etwas, um sich ein für alle male den menschen vom leib zu halten. das ganze gerümpel verhindert den blick auf das nichts. es ist unvorstellbar geworden. wir denken nur im etwas, wir fressen etwas und wir – na, ja. wir machen etwas und wir vergessen etwas. sie nehmen etwas zur hand, tauchen es in etwas und tragen dieses etwas auf etwas auf und träumen vom nichts. schade, mein lieber, vergeblich. malen sie das schönste, glatteste, weißeste weiß und es bleibt etwas über, das sich zu den farben wie etwas verhält. aussichtslos. legen sie den pinsel weg – natürlich auch eine geste, die etwas ist – und denken sie an nichts. versuchen sie's einfach und vergessen sie dabei nicht, dass sie auch das nur mit etwas tun können. etwas müssen sie ja im kopf haben. nicht? trotzdem. eine schöne ausstellung. gratuliere.

tick

man kann es als tick bezeichnen, dass er jede klomuschel, vor der er zu stehen kam, mit seinem strahl reinigen musste. dabei entwickelte er eine fertigkeit, die nicht als psychische störung, sondern eher als sport mit höchster kunstfertigkeit zu bezeichnen wäre. außerdem erfand er ein vokabular, das jedem brandmeister der berufsfeuerwehr zur ehre gereicht hätte: *die große brause* galt einer allgemeinen flächenreinigung, vorausgesetzt, die spuren des vorgängers waren noch frisch und spülsam. er konnte auch, für sich natürlich, von einem *pinsel-* oder *beserlstrahl* sprechen, angenommen, die bestrahlte scheibenförmige fläche hatte den richtigen durchmesser. den dünnen steifen strahl nannte er *staberl*, den dicken, schwer fallenden brunnenstrahl *dumperer*. so entwickelte sich in der muschel ein hermetisches begriffsfeld, sozusagen ein implodierender kosmos, ein porzellan gewordener positivismus, der es mit jeder hohlwelttheorie oder mit jedem geschlossenen system aufnehmen konnte. gehirnwäsche, brüllte ihm hegel entgegen. er zog die spülung.

tschüssi und servus

tschüssi und servus trafen einander auf dem wiener graben. servus tschüssi, sagte servus. hallo servus, sagte tschüssi. leider kann ich dich nicht mit meinem namen begrüßen, nur verabschieden könnte ich mich. na, sag halt servus, meinte servus. das wäre aber ein eingeständnis meines halbwerts, meinte tschüssi. einen namen, nur zum weggehen. kannst vergessen, ätzte servus. du hast dich aber gar nicht verändert, darauf tschüssi. hab auch keinen grund, höhnte servus. ich bin immer noch in allen situationen brauchbar. du armleuchter, wo das servus doch schon lange vom tschüss überholt wurde. nichts für ungut, brummte servus, ich wandere ohnehin aus. wohin? neugierig, tschüssi? nach bayern. na da verkommst du. die siezen einander und sagen servus. ich wünsch dir ein ehrengrab in schwabing. viel glück. vertschüss dich. servus. servus.

hut + kopf

eröffnung der sitzung. thema: wählt der hut den kopf oder der kopf den hut. erste wortmeldung: natürlich wählt der kopf den hut. was ist das für eine frage? der kopf hat augen, der kopf bestimmt das handeln, der kopf bezahlt und schließlich setzt der kopf auch den hut auf. zweite wortmeldung: keine frage, der hut wählt den kopf. schauen sie sich die hüte an. schauen sie sich die köpfe mit den hüten an. selten passt ein kopf zum hut, wohl aber der hut zum kopf. immer. je blöder der hut, umso blöder der kopf. das ist keinem kopf zuzumuten. dafür muss es eine voraussetzung geben. und diese liegt im hut. im hut ist der kopf angelegt. nicht nur in der größe, in farbe und form, im schmuck und im aussehen. alleine die kordeln und quasten. dieses gebammel. kein kopf kann so etwas finden, kein kopf kann so etwas erfinden. falsch. zwischenruf: die hüte werden von den köpfen gemacht. die hüte sind kreationen der köpfe. da gibt es keine zweifel. was heißt zweifel. ein von einem hut bedeckter kopf hat ohnehin keine zweifel mehr. zweifellos. darum wählt der hut den kopf. denn dieser hat keine zweifel. zweifeln kann nur der kopf. der würde sich für keinen hut entscheiden, wenn er ein kopf wäre. der hut braucht nicht zu zweifeln. er sieht den kopf und hopp, schon ist die entscheidung gefallen, die gar keine ist, denn es passt immer nur ein hut zu einem kopf, darauf kannst du den hut hauen.

zürich

in zürich fallen sogar die blätter ordentlicher vom baum als in anderen städten, sie decken den boden ästhetischer, verteilen sich nach bestimmten mustern, ja ornamental, wenn nicht gar nach texturalen oder strukturalen prinzipien. in zürich wäre es ein vergnügen, über oder durch herbstblätter zu wandern, über teppiche natürlicher kunst, über auf den boden locker verteilte harmonien, wenn sie nicht sofort von herbstblätterentsorgungskolonnen weggeräumt würden, die dafür zu sorgen haben, dass die ebenfalls schönen pflasterungen im vorschein bleiben, auf denen tatsächlich jedes einzelne blatt die ordnung der stadt und den tritt des ordnungsliebenden fußgängers nachhaltig und unverzeihlich stören würde.

endzeitgedanke

der liebe gott, sinnierte er auf dem weg zur knödelhütte, hat nicht nur den menschen, sondern auch das arschloch erfunden. damit sich aber das arschloch nicht selbständig machen kann, hat er es am menschen festgemacht. schließlich, dachte er sich beim schöpfungsakt, könnten ja die arschlöcher überhandnehmen und das wäre schlecht für die menschheit. was er nicht bedachte, war die tatsache, dass nicht nur jeder mensch ein arschloch hat, sondern in vielen fällen auch eines ist. das hätte niemand entdeckt, wenn nicht könig ludwig von bayern seinen jagdaufseher ein arschloch genannt hätte, was sofort an den höfen von wien und berlin registriert wurde. darob war der liebe gott sehr verärgert und legte für alle zeiten fest, dass ein arschloch jeweils nur mit einem menschen existieren dürfe, ob dieser eines sei oder nicht. deshalb kann ein rindviech oder eine sau nie arschloch genannt werden. damit ist auch sichergestellt, dachte sich der liebe gott, dass mir zur endzeit, wenn der mensch endlich ausgestorben ist, nicht ein paar arschlöcher übrigbleiben.

punkt und komma

zwischen beiden ein verhältnis zu stiften, fällt schwer. der punkt, im bewusstsein seiner endgültigkeit, hat keinen sinn für das launische komma, das im deutschen so despektierlich beistrich genannt wird. schon die unsicherheit, wo dieses komma anzutreffen sei, würde den punkt zum wahnsinn treiben. lass mich in ruhe mit diesem komma, diesem punkt mit dem ausrutscher, diesem abweichling, der sich zu keinem einzigen ende entscheiden kann, zu keinem punktum und basta. aber so ein partner müsste für dich doch interessant sein in deiner ausweglosen endgültigkeit, versuchte ich einzuwenden, so einer, dem immer noch etwas einfällt, der immer noch eine möglichkeit offen hat, hinter dem immer noch was nachkommt. ich bin für das entschiedene, sagte der punkt. bei diesem beistrich ist ja nicht einmal das geschlecht eindeutig: als beistrich biedert er sich beim punkt an, als komma beim fragezeichen. da ist mir das rufzeichen noch lieber. das setzt auf den punkt. und das fragezeichen etwa nicht, sagte ich? das ist mir egal, wenn diese auf mir herumreiten. ich bleibe das bestimmende element, auch nach dem ruf- oder fragezeichen ist alles zu ende, obwohl, das gebe ich zu, das fragezeichen eine antwort erwartet. je mehr ich nachdenke, denke ich im stillen, je mehr ich nachdenke, umso lieber wird mir das komma. ich weiß zwar nicht immer, wo ich es hinsetzen soll, aber wo es auch sitzt, befindet es sich in einer bewegung. diese ödlinge von punkten, die immer glauben, dass die welt zu ende ist. und dann geht doch alles weiter. und wenn es bei einem punkt weitergehen soll oder wenn etwas offen bleiben soll, braucht man gleich drei… noch nie etwas von einem semikolon gehört, sagte grinsend der punkt, oder gar von einem doppelpunkt? auch das endgültige hat ein hintertürl und sei es durch eine einfache verdoppelung. nicht nur borniert, sondern auch noch korrupt, höhnte das komma.

bumerang zu viert

ich habe mir diesen titel gemerkt, aber die dazugehörige geschichte vergessen. sie war nicht besonders gut. mir fiel zuerst der titel ein, und dann musste ich mich mit einer passenden geschichte abquälen. das ist immer schlecht. man schreibt zuerst die geschichte und erfindet dann einen passenden titel. den können auch andere erfinden. das ist im prinzip gleich. es gibt auch oft mehrere gute titel. auch wenn die geschichte gar nicht so gut ist. ja, es gibt romane, die nur wegen des titels gekauft, aber nie gelesen werden. ich habe solche viele *nicht* gelesen. diese geschichte wird aber gelesen, obwohl es sie gar nicht gibt. sie ist sozusagen eine leermeldung.

lustiges geschenk

ein kurzer, hohler zylinderstumpf mit einer art säulenbasis, einem gestauchten, glatten, konkaven mittelteil, am oberen rand ein *laufender hund* mit einem kantigen rand, der beim trinken nicht gerade angenehm ist, jedes der ringförmigen zierelemente ist von einer goldenen linie begleitet, geradezu unterstrichen. alles in einem etwas patzigen industrieporzellan ausgeführt. die betont weichen formen haben ein gebrochenes weiß, das man in einem anderen zusammenhang pfeifenton nennen könnte. dem häferl, ein solches ist es nämlich, ist noch ein vernudelter henkel in form einer rocaille angepappt und die konkav gespannte fläche ziert in altdeutscher schrift der name des beschenkten. lustig.

streng

wenn ein winter streng ist wie ein schulmeister, müsste der sommer ein luftikus sein, ein leichtferdl, der so streng riecht wie die schweißtreibende existenz des august: streng ist nicht streng, wenn's ums duften geht, aber für gestank allemal zuständig. ein strenger lehrer riecht nicht immer streng, und ein streng riechender lehrer muss nicht streng sein. wo es streng zugeht, muss man's nicht riechen, aber man riecht es, wenn's wo streng zugeht. streng dich nicht an, sonst riechst du streng, obwohl der strenge winter das stinken abschafft, so dass alles, was streng riecht, auf den frühling warten muss. aber niemand wartet auf den frühling, um streng zu riechen, doch riechen viele streng, weil sie zu lange auf den frühling gewartet haben. und wer streng dreinblickt, muss noch lange nicht streng riechen, obwohl jene, die strenges riechen, meist auch streng dreinblicken. so ist strenge ein unauflöslicher widerspruch. sommers und winters, in der strenge des schulzimmers und in der frischen luft, im angestrengten dasein und im unangestrengten sosein einer ungelüfteten existenz in einem gelüfteten zimmer.

kaiserschmarrn mit versetzten geschoßen

endlich ein titel, der etwas verspricht. der vielleicht sogar architekten oder bauleuten etwas zu sagen vermag. schmarrn wird genug gebaut. aber kaiserschmarrn? das ist eine falle, in die man keinesfalls hineintappen darf. wie kommen geschoße zum schmarrn? und was ergibt es für einen sinn, in den schmarrn zu schießen? da kann man gleich ins verwandte scheißen hinüberwechseln. und schmarrn und scheiße haben mehr miteinander gemeinsam, als sich in der schuleiszeit träumen lässt. wenn da nicht die versetzten geschoße wären. splitlevel ist der feinere ausdruck, soweit sich auf diesem gebiet etwas ausdrücken lässt. so kann man abstürzen, nur weil *kaiserschmarrn mit versetzten geschoßen* nachweisbar nicht kompatibel ist.

nicht ohne interesse

er schaute aus seinem körper wie aus einem fenster und er verstand sein leben lang nicht, warum er dieses gehäuse mit sich herumtragen sollte. bei allem, was mit seinem körper geschah, sah er zu wie ein hausherr, manchmal wie ein hausmeister oder wie ein maschinist, ein automechaniker. selten berührte ihn etwas, meistens beherrschte ihn eine stabile interesselosigkeit. er sah morgens nicht ein, dass er diese maschine ingang setzen sollte, abends war es ihm egal, wenn sie sich nicht abstellen ließ. dieser zustand machte ihn rücksichtslos gegen andere und mehr noch gegen sich selbst. er rempelte alles an, stieß alles um, was ihm in den weg kam, er spürte keinen schmerz, keinen druck, keinen schlag. er kannte nicht das wohlbefinden, in der sonne oder im warmen wasser zu liegen. manchmal ging er *im haus*, wie er sich ausdrückte, auf die suche nach sich selbst, aber in keinem winkel seines gehäuses wurde er fündig. er fraß sich eine dicke fettschicht an, weil er glaubte, damit seinen abstand nach außen zu vergrößern. seine augen wurden zu schießscharten, und er fühlte sich in seiner verpanzerung immer wohler. da er von natur aus eine kräftige stimme, statur und hausverstand besaß, machte er eine steile karriere, die er, mit der erworbenen distanz, nicht ohne interesse verfolgte.

mittelmaß

ein mittlerer typ mittleren alters, mittelscheitel und mittellos, stand auf dem mittelstreifen einer mittleren ausfallstraße einer mittleren kleinstadt. der ausflugsverkehr war nicht zu stark und nicht zu schwach, also mittelmäßig, und es begann leicht, also weit unter dem jahresmittel zu regnen. es war mittag, mitte august und ein mittelmäßiges mittagessen lag ihm schwer im magen. *wie mir dieses mittelmaß auf die nerven geht*, brüllte er so laut, dass das gesumme der reifen auf dem flüsterasphalt und die lautstärke der motoren nicht mehr als durchschnittlich wahrgenommen werden konnten, im gegenteil, geradezu als leise empfunden wurden. *wenn das mittelmaß so leicht zu stören ist, dann* sagte sich der enthemmte, und sprang auf die fahrbahn. das gequietsche der bremsen und reifen, der knall der sich ineinander verkeilenden wägen war so unbeschreiblich, dass sie dem auf der fahrbahn liegenden und überrollten noch ein zufriedenes lächeln abringen konnten. von mittelmaß keine spur mehr.

ruf und gesundheit

an sich wäre der herr professor unbekannt geblieben, ein unbeschriebenes blatt, eine null vom scheitel bis zur sohle. wenn er nicht ständig unter winden gelitten und nicht die fähigkeit entwickelt hätte, sie laut und präzise in den raum zu setzen, vor allem aber, wenn er nicht den spruch erfunden hätte, der ihn bei seinen zahlreichen vorträgen überleben und zur legende werden ließ: *es schadet zwar dem ruf, nützt aber der gesundheit.* diese weisheit und eleganz der situationsbeherrschung war nicht zu übertreffen, leider hatte er sich aber, wie immer, über den erfolg getäuscht. da er nun schon sehr lange unter der erde liegt, dürfte der gesundheitliche faktor wohl nicht allzu groß gewesen sein. und der schaden am ruf verkehrt sich ins gegenteil: was von der gesundheit des professors übrigblieb, ist eben nur sein ruf. ist diese geschichte, nichts als diese geschichte.

das absolute

nur eine stehende uhr, genauer, nur eine uhr mit stehendem uhrwerk hat die möglichkeit, zweimal am tag die astronomisch absolut richtige zeit anzuzeigen, sagte der lehrer mit erhobener nase, und was folgern wir daraus? dass wir nie wissen können, sagte ein vorlauter schüler, wann diese augenblicke exakt sind, so dass man diese genauigkeit vergessen, sich in die haare schmieren kann, wie mein vater sagen würde. daher folgern wir, herr lehrer, sagte ein zweiter mit erhobener nase, und der lehrer bekam einen roten kopf, statt auf seine schüler stolz sein, dass das absolute zu nichts zu gebrauchen ist, nicht einmal zweimal am tag für ein stehendes uhrwerk, rein für die katz, woraus sich die gegenfrage ergibt, was man daraus wirklich folgern kann? der lehrer begann sein demonstrationsobjekt, einen wecker, aufzuziehen. die kinder lachten, die zeiger zeigten beiläufig das ende der schulstunde an. von einer absoluten genauigkeit war keine rede mehr.

sätze

der satz *ich gehe in den wald* traf zufällig den satz *ich gehe ins wirtshaus*. da fragte der wirtshaussatz den waldsatz, sag freund, bist du ein jäger? nein, warum fragst du, sagte der waldsatz. ja nur, weil alle jäger im wirtshaus sitzen.

erinnerung

eine marotte, und sei's nur eine übertriebene sparsamkeit, hatte ihn zum papierserviettensammler gemacht. das ziel war aber nicht eine sammlung, sondern schlichte vorsorge. servietten sind nicht nur bei der einnahme von nahrung zweckdienlich, sondern auch bei deren resthafter, postmetamorpher abgabe. so konnte es vorkommen, dass er etwa im churer hotel stern – in den besten häusern geht oft das klopapier aus – sich mit einer serviette aus dem haus hirt in badgastein aushelfen konnte oder in moskau im hotel russia mit einer geblumten aus der pension edelweiß vom neusiedlersee. so reicherte er gratis sein phantasieloses leben mit erinnerungen an, die, zugegeben, nicht immer erinnernswert waren, aber immer noch besser, als ohne papier auf einem edlen klo zu sitzen.

p.s.: die sache hatte einen haken, eine sehr unökonomische eigendynamik. jeder aufdruck, jede farbe, jedes logo erweckte die lust nach größeren distanzen, nach ferneren orten, nach besseren hotels. es war schon lange nicht mehr die redliche vorsorge für banale eventualitäten, nein, das prinzip kehrte sich um. mit jeder serviette wurden größere reisen gebucht. es war schon lange notwendig, komplizierte aufzeichnungen zu machen. alles endete in einer nicht mehr zu bewältigenden logistik. auf dem klo sitzend, mussten oft lange recherchen, umständliche nachforschungen in den büchern gemacht werden, um nur einen hauch einer erinnerung zu bekommen. es bestand keine chance mehr, sich die orte, ihre hotels und papiertraditionen zu merken. und, was das schlimmste war, in den meisten klosetts war genügend klopapier vorhanden und keines der besseren hotels hatte papierservietten. der gang in die papierläden war beschämend, wenn man davon absah, dass global ein paar sorten dominierten, sodass man darauf angewiesen war, selbst die orte, die namen der hotels oder restaurants aufs papier zu malen …

kuh- und froschaugen

kuhäugige sollten keine froschäugigen heiraten, sagte der betagte arzt, der seinen glauben an die vererbungsgesetze vollkommen überwunden hatte. das kuhäugige, dieses sanfte prinzip einer harmonischen weltanschauung, vertrage sich nicht mit dem prinzip der kritischen froschperspektive. die kuhäugige weltsicht, wird sie auf einen froschstamm verpflanzt, kann nur mehr zerrbilder einer geordneten welt wahrnehmen. umgekehrt, der arzt war ein gründlicher wissenschafter, ist das froschauge auf einem kuhkopf nicht nur der elementaren höhenangst ausgesetzt, sondern es kommt zu lebensbedrohenden fehleinschätzungen von gefahren aller art; vor allem hat die kuh mit den froschaugen den beharrlichen drang, wasserspiegel in backenhöhe aufzusuchen, was sowohl für die ernährung als auch für die fortpflanzung und andere lebenspendende leistungen hinderlich ist. dabei vergaß der scharfsinnige arzt, dass ihn seine kuhäugige frau nur wegen seiner verschmitzten froschäuglein geheiratet hatte und dass ihre zahlreichen kinder es zu höchstleistungen in allen wassersportarten gebracht hatten.

herkules

servus herkules. schon lange nicht gesehen. wie geht es dir? oh danke. was treibst du immer? du weißt ja, ich werfe säulen um. ich meine in der freizeit, am abend, am sonntag, zum vergnügen? auch da werfe ich säulen um. und was machst du im sommer, im urlaub? ach, da fahr ich nach griechenland, säulenumwerfen.

feature

vor ort. o-ton: *wir steigen mit den zugtieren mühsam den monte campo hoch. pedro, der schweigsame, geht voran. er sagt selten sein hüh, noch seltener hot. doch alles in einem breiten, kräftigen dialekt, den niemand hier versteht. pedrillo, der gesprächige, sagt heute kein wort, er hat wieder seinen schlechten tag, der in dieser rauhen gegend gefürchtet ist. er ist nicht einmal zu einem hüh fähig, wenn es pedro, der schweigsame, vergisst. trotzdem erreichen wir den höhenrücken.* leiser glockenklang aus dem studio. *vor uns liegt der campo rosa. ärmliche hütten. bettelnde kinder mit verdreckten kleidern. vom berühmten markt keine spur.* aus dem studio erklingt ein langsam sich steigerndes marktgeräusch. stimmengewirr. händlerrufe. *laute, die nie ein zivilisiertes ohr berührt haben.* wie soll es hier weitergehen? das *zivilisierte ohr* streichen wir. pause.

lustige aktion

die herren alt, blau, braun, breit, dick, dumm, frei, frisch, fröhlich, groß, grün, gut, heiß, hoch, jung, kahl, klar, klein, klug, kurz, kühn, lang, lind, rauh, rot, schick, schmal, schnell, schön, schwarz, stramm, stumm und weiß haben beschlossen, am 31. 12. abends um halb acht gemeinsam, unauffällig und unangekündigt über den wiener graben zu gehen. diese aktion finden sie besonders lustig, und sie überlegen, das ereignis jedes jahr zu wiederholen. wie immer, ob durch indiskretion oder zufall, haben die herren bach, berg und baum davon erfahren und sofort die kollegen fels, hahn, hals, heim, held, hirt, holz, horn, kalb, katz, kern, kohl, kopf, korn, krebs, krenn, krug, kuh, loch, pech, pflug, stahl, stein, stern, stich, stock, sturm, wolf, zahl und zorn verständigt und sofort beschlossen, die gleiche aktion jeden neujahrstag morgens um vier uhr zu unternehmen. auch sie glauben fest daran, dass es sich um eine lustige aktion handeln wird und vor allem, dass sie substantiell die adjektivisten bei weitem übertreffen werden.

kritik pur

ein eskimo im land der berber. wüste wohin man blickt. hitze, wind, sand. gastfreundschaft auf weichen teppichen. saure kamelmilch, süßes kamelfleisch. ungesalzenes fladenbrot. sand zwischen den zähnen. kamelhaare im mund. bittersüßer heißer tee. wie gefällt dir mein land, mein freund, sagte der berber zum eskimo. schön. schön, sagte dieser mit der stimme und dem gesicht paul wegeners und mit einem kaum wahrnehmbaren schlitz seiner zusammengekniffenen augen, fast wie bei mir im hohen norden. schön, schön. nur eines verstehe ich nicht, mein bester, wieso hat dein iglu kein dach? und warum ist diese schwarze kamelhaardecke, durch die die sonne immer noch durchdringt, nicht weiß? sind deine weiber faul oder haben sie gar keinen schönheitssinn? und ist es wirklich notwendig, so viele schnüre zu spannen, so dass sich die schlittenhunde verheddern. ja, und überhaupt – er wusste, das war das ende der freundschaft, mit verständnislosem blick und vorwurfsvoller stimme – wo ist der schnee?

reißverschluss mit vorhängeschloss

die erfindung des reißverschlusses mit einem vorhängeschloss war keine besonders gute idee und hatte auch nur geringen erfolg. die anbringung bei einer gesäßtasche, zum beispiel, zwang den besitzer, wenn kein familienmitglied in der nähe war, einem wildfremden menschen, einem zufälligen passanten, den schlüssel in die hand zu drücken und ihn zu ersuchen, das schloss zu öffnen. das hatte sich in kreisen von taschendieben sofort herumgesprochen, die, ab sofort seriös in nadelstreif gekleidet, das vertrauen von bankbeamten ausstrahlten und die schlossbesitzer serienweise bestahlen. zu den katastrophalen folgen gehörte, dass nicht nur der absatz von reißverschlüssen und nadelstreif fast auf null zurückging, sondern dass gutgekleidete herren von vornherein zum gesindel gezählt wurden. bankbeamte, ja ganze politikerkasten bekamen unlösbare bekleidungsprobleme. nein, das mit dem vorhängeschloss an reißverschlüssen war wirklich keine gute idee.

e und a

ein vorarlberger e, hell wie ein weihnachtsglöckerl – ich weiß schon, dass ein glöckerl nur hell klingen, aber nicht sein kann ... doch, es kann auch hell sein, silbrig etwa, aber um das geht es ja nicht –, also ein vorarlberger e, hell wie bayerisches bier, traf ein alemannisches a – unschuldig wie eine pfarrersköchin aus dem allgäu – in der *traube* zu andelsbuch. nichts schöner als von gerade gemachten reisen zu erzählen. ich, startete das reine allemanische a, fahre sowieso nur mehr nach italien, das ist das einzige land, wo das a noch in ordnung ist, ja geschätzt, gepflegt und geliebt wird. allein das wort italia, lauter a. ein herrliches land. na, da kann ich dir ungarn nicht empfehlen, versuchte das e den redefluss zu unterbrechen. da kannst du mit deinem a baden gehen. in ungarn herrscht noch kraft, ursprünglichkeit, das gibt es noch rudelweise us, ös und üs. ich kam in gesellschaften, da gab's nur umlaute, wunderbar. ich würde mich nicht wundern, wenn es in budapest vereine für lokale umlaute gäbe. eine pracht. gut, es gibt auch paprika, eine ausnahme, ja attila auch. und was ist mit akaratszabadság outete sich das a als kenner des madjarischen idioms? das ist maßlos übertrieben, das ist doch eine galeere für uns as und heißt noch dazu willensfreiheit. nein, das echte musst du in den üs und ös suchen: gügyögö zum beispiel, ein so herrliches wort, heißt brabbler.

gyönyörü zum beispiel, ein so prächtiges wort, heißt prächtig. die ungarn sind schon verschwender, übertreibungskünstler, immer schon gewesen. das ist ja zum üvöltözö, zum heulen, meine ich. das e hatte oberwasser, aber man soll ein alemannisches a nicht unterschätzen – und was ist mit dem türkischen, eröffnete es sozusagen das vokale feuer aus dem hinterhalt? da braucht man nicht einmal vereine für die us, üs und ös. da treten sie ohnehin nur rudelweise auf. kütschük, heißt zum beispiel klein, da kannst du dir vorstellen, was groß heißt. ich wusste gar nicht, dass du so in die üs verknallt bist. weißt du was, wir fahren miteinander in die türkei. welch eine freude, wenn man uns im hotel in susurluk mit müdürümüzdür begrüßt – das ist unser direktor… und görüschürüs – das heißt, wir sehen uns, nein, buluschurus, das heißt wir treffen uns in bürs oder schruns. man muss ja klein anfangen. und dann hauen wir ab, in die türkei, natürlich über ungarn.

inhalt